Cyfres Ar Wib
FFION A'R TÎM RYGBI

Ffion a'r Tîm Rygbi

Elin Meek

Lluniau Chris Glynn

Gomer

Argraffiad cyntaf – 2005
Ail argraffiad – 2007

ISBN 978 1 84323 465 4

Ⓗ ACCAC ©

Dymuna'r cyhoeddwyr gydnabod cymorth
Adrannau Cyngor Llyfrau Cymru.

Cyhoeddwyd gyda chymorth ariannol
Awdurdod Cymwysterau Cwricwlwm ac Asesu Cymru.

Argraffwyd gan
Wasg Gomer, Llandysul, Ceredigion SA44 4JL

Cynnwys

Pennod 1

Un prynhawn dydd Llun,
agorodd drws ein dosbarth ni'n
sydyn. Dyna lle roedd Mr
Bowen, y prifathro.

'O . . . Mr Bowen,' meddai
Mrs Williams, yr athrawes.
'Does dim byd yn bod, oes e?'
gofynnodd yn nerfus.

'Nac oes, Mrs Williams.
Dwi eisiau cael gair â Ffion
Huws, dyna i gyd.'

Fi! Pam? meddyliais. Oeddwn i wedi gwneud rhywbeth drwg? Roedd pawb yn y dosbarth yn edrych arna i.

'Dere gyda fi, Ffion,' meddai
Mr Bowen, a dyma fi'n ei
ddilyn e i'r swyddfa. Roeddwn
i'n poeni. Roedd Mr Bowen
yn gweiddi ar blant drwg
weithiau.

Ond doedd Mr Bowen ddim yn edrych yn gas o gwbl.

'Ffion, mae problem gyda'r tîm rygbi,' meddai.

Problem gyda'r tîm rygbi? Pam roedd e eisiau dweud hynny wrtha i? Bechgyn oedd yn chwarae rygbi. Dim ond pêl-rwyd roedd y merched yn cael ei chwarae.

'Does dim digon o fechgyn i wneud tîm. Mae eisiau un person arall arnon ni. Felly, dwi eisiau i ti fod yn y tîm rygbi,' meddai Mr Bowen, a gwên fawr ar ei wyneb. Roedd yn edrych yn daer arna i.

'Mae'r merched eraill i gyd yn y tîm pêl-rwyd,' meddai Mr Bowen, 'a dwi wedi siarad â dy fam yn barod. Roedd hi'n dweud bod popeth yn iawn. Fe fydd dy dad-cu'n gallu dy helpu di.'

Felly doedd dim dewis.

'Mae ymarfer ar ôl yr ysgol heddiw a dydd Gwener,' meddai Mr Bowen, 'ac mae'r gêm gyntaf

ddydd Llun nesaf yn erbyn
Ysgol y Waun.'

Help! Fi'n chwarae rygbi!
Ond sut roedd tad-cu'n gallu
helpu?

Pennod 2

Daeth diwedd y prynhawn. Es i
newid fy nillad. Roedd y cit
rygbi'n llawer rhy fawr i fi.
Roedd yn rhaid dal y siorts
i fyny achos roedden nhw'n
cwympo i lawr o hyd.

Roedd y bechgyn ar y cae
chwarae yn barod. Roedd Mr
Bowen yno hefyd. Edrychai
fel eliffant heb drwnc yn ei
dracwisg lwyd.

'Hy, Ffion Huws, beth rwyt ti'n ei wybod am rygbi?' gofynnodd Siôn Powys, bachgen mwya'r ysgol. Roedd e'n dal ac yn gryf.

'Merch mewn tîm rygbi – dim gobaith!' meddai Aled.

'Nawr, nawr, fechgyn,' meddai Mr Bowen. 'Heb Ffion, fyddai dim tîm gyda ni o gwbl. Chwarae teg i Ffion.'

Ddwedodd neb ddim byd
wedyn. Dim ond gwrando ar
Mr Bowen.

Ymarfer pasio wnaethon ni
gyntaf. Rhedeg mewn rhes ar
hyd y cae a phasio'r bêl o un i'r
llall.

Wedyn roedd Mr Bowen
eisiau i ni neidio i geisio dal
y bêl.

Taclo oedd y dasg nesaf.
Dal rhywun oedd yn rhedeg
tuag ataf i. Ond roeddwn i'n
anobeithiol eto!

Wedyn, roedd Mr Bowen eisiau i ni ddal y bêl yn ein dwylo, a'i chicio. Roedd llawer o'r bechgyn yn cicio'n arbennig o dda. Ond doedd dim siâp o gwbl arna i!

Erbyn diwedd yr ymarfer, roeddwn i wedi cael llond bol. Doeddwn i ddim yn gallu pasio'r bêl. Doeddwn i ddim yn gallu ei dal hi, na'i chicio hi. A doeddwn i ddim yn gallu neidio na thaclo. Roeddwn i'n hollol anobeithiol.

'Mr Bowen, oes *rhaid* i Ffion
fod yn y tîm?' gofynnodd Huw
Howells. 'Fe fydd pawb yn
chwerthin am ein pennau ni.'

'Ac fe fydd Ysgol y Waun yn
ein curo ni'n rhwydd,' cwynodd
Tomos Gruffudd.

'Fechgyn, fechgyn, peidiwch
â phoeni,' meddai Mr Bowen,
gan wenu arna i. 'Mae wythnos
gyda Ffion i ymarfer cyn y
gêm. Fe fydd tad-cu Ffion yn
gallu ei helpu.'

'Tad-cu Ffion?' holodd Siôn
Powys. 'Ers pryd mae e'n
gwybod rhywbeth am rygbi?'

Atebodd Mr Bowen ddim,
ond rhoddodd winc fach slei i
fi. Ond doeddwn i ddim yn
deall. Beth yn y byd roedd
Tad-cu'n wybod am rygbi?

Pennod 3

'Mam, beth mae Tad-cu'n wybod am rygbi?' gofynnais wrth neidio i mewn i'r car. 'Mae Mr Bowen yn dweud bydd e'n gallu fy helpu i.'

'Aha!' meddai Mam yn dawel. 'Fe fydd rhaid i ti ofyn i Tad-cu dy hunan. Fe gei di alw draw i'w weld e a Mam-gu ar ôl te.'

Mae Tad-cu
a Mam-gu'n
byw ar waelod
ein stryd ni.
Dyma fi'n
bwyta'n gyflym
a mynd draw
i'w gweld nhw.

'Dere i mewn, Ffion fach,'
meddai Mam-gu wrth fy
ngweld i. 'Ffoniodd dy fam i
ddweud dy fod ti ar y ffordd.
Mae Tad-cu yn y stafell ffrynt.'

'Ffion . . . dere 'ma, cariad
bach,' meddai Tad-cu, a rhoi
cwtsh fawr i mi. 'Dwi'n clywed
dy fod ti'n mynd i chwarae
rygbi! Da iawn ti!'

'Mae pawb yn dweud y byddi di'n gallu fy helpu i, Tad-cu . . . Ond sut?'

'Wel, fe ddweda i gyfrinach fach wrthot ti,' meddai Tad-cu. 'Ro'n i'n arfer chwarae i Lanelli.'

'O, WAW!' Roedd hyn yn grêt!

'Felly, dere i'r parc i ymarfer. Mae pêl gyda fi fan hyn. Mae hi braidd yn hen, ond does dim gwahaniaeth.'

Nid pêl blastig oedd hi, ond pêl ledr fawr. Roedd hi'n drwm hefyd. Ymhen pum munud, roedden ni yn y parc.

Buon ni'n ymarfer pasio'r bêl.

Wedyn buon ni'n ymarfer rhedeg.

Ar ôl tipyn, buodd Tad-cu'n fy nysgu i i neidio am y bêl:

Wedyn, dangosodd Tad-cu i fi
sut i gicio'r bêl o'r dwylo.

Ar ôl tipyn, roeddwn i'n
mwynhau. Roedd rygbi'n hwyl!

Pennod 4

Fe fues i'n mynd draw at Tad-cu ar ôl te bob dydd. Buon ni'n ymarfer . . . ac ymarfer . . . ac ymarfer. Cicio . . . taclo . . . pasio . . . neidio. Erbyn diwedd yr wythnos, roeddwn i'n chwarae rygbi yn fy nghwsg!

Ar ôl bod yn y parc, roedden
ni'n mynd 'nôl at Mam-gu i
gael paned o de. Wedyn,
byddai Tad-cu'n dweud storïau
cyffrous wrtha i am ei gêmau
rygbi gyda Llanelli.

'Dwi'n cofio un tro pan oedd Llanelli'n chwarae yn erbyn Caerdydd. Roedd y sgôr yn gyfartal. Dim ond munud o'r gêm oedd ar ôl. Yn sydyn, fe ddaeth y bêl i 'nwylo i.

'Fe edrychais i fyny a gweld
y pyst rygbi. Dyma fi'n cicio'r
bêl yn galed . . . a hedfanodd y
bêl rhwng y pyst. Tri phwynt
arall i Lanelli! Chwibanodd y
dyfarnwr – diwedd y gêm.
Roedd Llanelli wedi ennill! A fi
oedd arwr y dydd!'

Roedd hen luniau gyda
Tad-cu, lluniau ohono fe a
thîm Llanelli. Ac un crys coch
gyda rhif 10 arno.

'Maswr o'n i, ti'n gweld,'
meddai, 'maswr bach ysgafn,
ond ro'n i'n gallu rhedeg yn
gyflym iawn a thaclo'n galed.'

Dwedodd Tad-cu sawl
cyfrinach wrtha i hefyd. Fe
fyddai pawb yn synnu!

Roedd ymarfer y tîm rygbi ar ôl yr ysgol ddydd Gwener. Roeddwn i'n edrych ymlaen. Roedd Mr Bowen wedi cael pâr o siorts oedd yn fy ffitio i. Da iawn. Roedd pethau'n dechrau gwella. Draw â fi i'r cae.

'Gobeithio dy fod ti'n mynd i chwarae'n well heddiw, Ffion,' meddai Aled.

'Fe welais i ti a dy dad-cu yn y parc neithiwr,' meddai Siôn Powys. 'Roedd dy dad-cu'n edrych yn ddoniol iawn. A beth oedd yr hen bêl 'na oedd gyda chi?'

'Pêl ledr,' atebais i. 'Beth bynnag, roedd Tad-cu'n arfer chwarae rygbi.'

'Amser maith yn ôl!' meddai Huw, a chwarddodd pawb.

O, am fechgyn cas!

Pa hawl oedd gyda nhw i chwerthin am ben Tad-cu? Dyna'r cyfan oedd ar fy meddwl i.

Roedd yr ymarfer yn
ofnadwy. Doeddwn i ddim yn
gallu chwarae o gwbl.
Roeddwn i'n gallu clywed y
bechgyn yn chwerthin. Ac
roedd y bêl blastig mor
wahanol i'r hen bêl ledr.

Collais i bob pàs.

Methais i bob cic.

Methais i bob tacl.

Methais i neidio'n iawn i ddal y bêl.

A dweud y gwir, roeddwn i'n hollol anobeithiol. Fel yn yr ymarfer o'r blaen.

Ond roedd Mr Bowen yn gwenu o glust i glust.

'Da iawn, Ffion! Dwi'n gallu gweld dy fod ti wedi bod yn ymarfer. Mae dy dad-cu wedi rhoi llawer o help i ti, dwi'n siŵr.'

Help? Doeddwn i ddim yn chwarae'n well o gwbl. Ac roedd y gêm yn erbyn Ysgol y Waun nos Lun!

Pennod 5

Brynhawn dydd Sadwrn,
dyma'r ffôn yn canu.

Ffion,
Tad-cu sy 'ma.
Sut aeth yr
ymarfer ddoe?

Ddim
yn dda
iawn.

'Gwranda,'
meddai Tad-cu,
'dwi wedi prynu
pêl blastig newydd.
Dwi draw yn y parc. Dere draw
i ymarfer.'

Roedd y bêl newydd yn
wahanol, ond ar ôl tipyn,
roeddwn i'n ei hoffi hi. Roedd
hi'n ysgafnach ac yn llawer
gwell. Roeddwn i wrth fy modd,
ond wedyn cofiais am y gêm ar
ôl yr ysgol ddydd Llun.

'Paid â phoeni,' meddai
Tad-cu. 'Fe fydd popeth yn
iawn. Rwyt ti'n dechrau
chwarae'n arbennig o dda.'

Ar ôl yr ysgol ddydd Llun, cyrhaeddodd bws mini Ysgol y Waun. Daeth y chwaraewyr allan.

Roedden nhw'n gryf.

Roedden nhw'n dal.

Roedden nhw'n ANFERTH!

'O! Na!' meddai ein tîm ni
wrth eu gweld nhw. Roedd hyd
yn oed Siôn Powys yn edrych
yn ofnus.

'Peidiwch â phoeni,' meddai
Mr Bowen. 'Efallai eu bod
nhw'n fawr, ond efallai nad
ydyn nhw'n gyflym.'

Ond erbyn hanner amser, roedden ni'n colli 3–17. Doedd dim siâp arnon ni o gwbl.

'Dewch, nawr,' meddai Mr Bowen. 'Cofiwch bopeth dwi wedi'i ddysgu i chi. A Ffion, cofia bopeth mae dy dad-cu wedi'i ddysgu i ti.'

Ie, meddyliais. Rhaid i mi gofio pob cyfrinach. Pob un.

Yn ystod yr ail hanner, dyma fi'n sylweddoli bod tîm Ysgol y Waun yn dechrau blino. Roedden nhw'n fawr, ond doedden nhw ddim yn ffit!

Beth oedd cyfrinach gyntaf Tad-cu? Taclo, taclo, taclo! Daeth un o'r tîm arall ata i a BANG!

Dyma fi'n ei daclo fe'n isel
fel roedd Tad-cu wedi'i
ddweud. Aeth y bêl yn rhydd.
Cododd Siôn Powys y bêl a
rhedeg fel milgi am y llinell.
Cais! Pum pwynt i ni – a dau
wedyn ar ôl i Aled drosi.

Nawr, 10–17 oedd y sgôr.

Beth oedd yr ail gyfrinach?
Cicio, cicio, cicio! Daeth y bêl
ata i. Doedd dim lle i basio,
felly dyma fi'n cicio'r bêl dros
ben tîm Ysgol y Waun.

Rhedodd Huw fel y gwynt a dal y bêl. Pasiodd Huw i Tomos, ac ymlaen â fe at y llinell gais! Cais! Pum pwynt arall i ni. Ond methodd Aled â'r gic i drosi.

15–17 oedd y sgôr.

'Dewch!' gwaeddodd Mr Bowen. 'Dwy funud sydd ar ôl!'

Beth yn y byd oedd cyfrinach arall tad-cu? O . . . ie! Rhedeg fel y gwynt!

Yn sydyn, daeth y bêl i fy nwylo i. Roedd un o fechgyn mawr Ysgol y Waun yn sefyll o fy mlaen.

Dyma fi'n edrych un ffordd,
a rhedeg y ffordd arall. Yr
eiliad nesaf, roeddwn i wedi
rhedeg heibio iddo fe. Doedd
dim sôn am neb o'r tîm arall,
dim ond hanner y cae a'r llinell
gais yn y pellter.

'Rhed, Ffion, rhed!' clywais lais cyfarwydd yn gweiddi. Tad-cu! Roedd e'n sefyll gyda Mr Bowen!

Dyma fi'n rhoi fy mhen i lawr a dal ati i redeg. Roedd fy nghalon i'n curo fel morthwyl mawr. Ond roedd yn *rhaid* imi redeg.

Roedd fy nghoesau i'n dechrau blino. Ond roedd yn *rhaid* imi redeg.

O'r diwedd, cyrhaeddais y llinell gais. Dyma fi'n taflu fy hunan drosti a gosod y bêl yn saff ar y borfa.

Aeth pawb yn wyllt! Roedd y tîm i gyd yn gweiddi nerth eu pennau.

Roedd
Mr Bowen a
Tad-cu'n neidio
i fyny ac i lawr fel dau ffŵl.
A finnau'n codi fy mreichiau a
gweiddi, 'Hwrê!'

Yna, ciciodd Aled y bêl dros
y pyst i gael dau bwynt arall.

22–17 oedd y sgôr nawr!

Chwythodd y dyfarnwr ei chwiban. Roedden ni wedi ennill! Aeth pawb yn wyllt eto, a dyma Mr Bowen a Tad-cu'n dod ar y cae.

'Da iawn, Ffion!' meddai Mr Bowen. 'Diolch byth dy fod ti yn y tîm!'

'Ie wir,' meddai'r bechgyn i
gyd. 'Da iawn, Ffion!'

A dyma fi'n teimlo fy hunan
yn cochi at fy nghlustiau fel
tomato.

'Pryd mae'r gêm nesaf, Mr
Bowen?' gofynnais. 'Mae Tad-
cu'n barod i roi rhagor o help
i fi, dwi'n siŵr!'

Hefyd yn y gyfres:

*Cysylltwch â Gwasg Gomer
i dderbyn pecyn o syniadau
dysgu yn rhad ac am ddim.*